让一切光源都熄灭

沙鸥诗集

止庵 亚非 编

新星出版社 NEW STAR PRESS

目 录

一 雨季情诗

听 3
画廊 4
哑语 5
静静的夜 6
晚晴 7
手相 8
寄语 9
近望 10
等 11
苦恋 12
当你寂寞时 13
桌边 14
我和你 15
窗外 16
问 17
楼外的召唤 18
浮雕 19
荒原 20
巴赫之死 21
夜访 22
无题 23
不能忘却 24
有人叫你山妖 25

浴	26
影集	27
环	28
巧克力	29
跟我走吧	30
断桥	31
探病	32
回声	33
别	34
落叶	35
梦游	36
夜渡青衣江	37
错位	38
— 给你	
重病之夕	41
赠	42
颐和园寻踪	43
今天好冷	44
漫步黄昏	45
凌晨的猜想	46
海思	47
待	48
窗的狂想	49

枕边	50
旋转舞台	51
晚归	52
戏水	53
拾贝	54
无题	55
等待客人	56
祭	57
游踪	58
小溪	59
望云	60
约会	61
你听我说	62
无题	63
谢你一吻	64
小城之冬	65
我在窗口	66
断章	67
夜航	68
等候	69
古城	70
等	71
遥远的声音	72
永恒	73

一 失恋者

周家湾寻诗	77
无题	81
思	82
动物园看虎	83
读友人书	84
边家山	85
山野	86
失恋者	87
老和尚	88
又是开花时	89
山村	90
峨眉山	91
大佛之乡	96
彝海	100
哭雪蕾	104
末班车	105
竹海	106
我的儿子	107

一 一个花荫中的女人

献词	111
一个花荫中的女人	114

寻人记

第一首	131
第二首	132
第三首	133
第四首	134
第五首	135
第六首	136
第七首	137
第八首	138
第九首	139
第十首	140
第十一首	141
第十二首	142
第十三首	143
第十四首	144
第十五首	145
第十六首	146
第十七首	147
第十八首	148
第十九首	149
第二十首	150
第二十一首	151
第二十二首	152

第二十三首 ... 153
第二十四首 ... 154
第二十五首 ... 155
第二十六首 ... 156
第二十七首 ... 157
第二十八首 ... 158
第二十九首 ... 159
第三十首 ... 160
第三十一首 ... 161
第三十二首 ... 162
第三十三首 ... 163
第三十四首 ... 164

第三十五首 ... 165
第三十六首 ... 166
第三十七首 ... 167
第三十八首 ... 168
第三十九首 ... 169
第四十首 ... 170
第四十一首 ... 171
第四十二首 ... 172
第四十三首 ... 173
第四十四首 ... 174
第四十五首 ... 175
第四十六首 ... 176

第四十七首 177
第四十八首 178
第四十九首 179
第五十首 180
第五十一首 181
第五十二首 182
第五十三首 183
第五十四首 184
第五十五首 185
第五十六首 186
第五十七首 187
第五十八首 188

第五十九首 189
第六十首 190
第六十一首 191
第六十二首 192
第六十三首 193
第六十四首 194
第六十五首 195
第六十六首 196
第六十七首 197
第六十八首 198
第六十九首 199
第七十首 200

第七十一首	201
第七十二首	202
第七十三首	203
第七十四首	204
第七十五首	205
第七十六首	206
第七十七首	207
第七十八首	208
第七十九首	209
第八十首	210
第八十一首	211
第八十二首	212
第八十三首	213
第八十四首	214
第八十五首	215
第八十六首	216
第八十七首	217
第八十八首	218
第八十九首	219
第九十首	220
第九十一首	221
第九十二首	222
第九十三首	223
第九十四首	224

哑弦

第一首	233
第二首	234
第三首	235
第四首	236
第五首	237
第六首	238
第七首	239
第八首	240
第九首	241
第十首	242
第十一首	243
第十二首	244
第十三首	245
第十四首	246
第十五首	247
第十六首	248

第九十五首 225
第九十六首 226
第九十七首 227
第九十八首 228
第九十九首 229
第一百首 230

第十七首	249
第十八首	250
第十九首	251
第二十首	252

● 无限江山（未完成）

夜泊	255
神女峰下	256
江边的树	257
嘉陵江小三峡	258
岩畔的茅屋	259
松鼠	260
怒江边	261
鸭绿江	262
江心岛	263
松花江夕照	264

● 我的父亲和他的诗　止庵

265

雨季情诗

听

听着你回来了
渡过夜的领地
听着
　　　你走了

喑哑的楼道
衰弱的银粉似的足音

早晨是一条
　　　　　死鱼
嘴里开出罂粟花

　　　　　　　1988年2月23日 重庆

画廊

我在彷徨中
监测
　　　你目光的轨迹

夕阳灼焦了的荒野
一小块麦地

而你,在日历上
撕去的都是明天

一个透明的
　　　酸懒的灵魂
露珠不想变成泪
你的窗关上了

　　　　　　　1988年2月24日至25日　重庆

哑语

我和你的深巷
挤满眼睛

  无花果悄悄开花

浅浅的一笑
轻快如柳絮的步履
夜里会欣然一亮的眼神

  我破译
  用甜蜜的想象

你属于别人
住在我心上

      1988年3月2日 重庆

静静的夜

踟蹰于窗前
　　　一个流浪汉

听见无弦的琴声
小甲虫在书脊上爬
时光叠成的舢板
　　　在你梦中颠覆

好多年,我悲哀地
在人世的窗前踟蹰

窗里没有灯
窗外没有灯

　　　　　　　　　1988年3月3日 重庆

晚晴

桃花丛中
　　　小溪，断续地流

我额上的万里云
被你的
　　　泪光
溶化了

浮游
　　泊在你之唇
太阳的圆心

多年未变的倒影

　　　　　　　　　　1988年3月7日 重庆

手相

请给我右手

沟壑
　　　荒原
　　　　　　折断的山峰
网罗中的小路

一幅晚秋的风景画

风从画中吹来
瑟瑟的
　　　真冷

不是你的
正是你的

　　　　　　　　1988年3月7日至8日　重庆

寄语

播在你门内的籽种
  都沉积为石子了
你的眼不会眯上

一朵鲜红的郁金香
开在雨中

孤零零的绿岛
  不是春菇痴长季节

楼道不会使人迷路
有你的背影
  房脊和暮色
还有一只蜘蛛

      1988年3月9日 重庆

近望

越过我的厚墙
　　蟹青色的孤寂

你回头一笑

蝴蝶泉边
我用倒影，缀成
　　少年时的神话

好宽的嘉陵江呵

远去了
去远了

1988年3月9日　重庆

等

等你
  你不知道

夜的山谷
  风声,写一首
悲凉的冷的诗

没有曝光的底片
桂的金黄
荷的浅粉
  在空白中叠印

听见脚声了
那只是我的

        1988年3月10日 重庆

苦恋

云雾占领的山上
是你的家

枫叶红了又绿了

我用童心作筏
有马蹄从我身上踩过
我蘸着血,彩绘
　　献给你的苹果
　　和贺年卡

漂泊。在你门外
不,在你心外

1988年3月10日 重庆

当你寂寞时

一群闹嚷的麻雀
飞落瓦楞
　　又如乱线飞起

一只慵困的红蜻蜓
　　　在残荷上
数着寂静

沉郁的三月风呵

一朵云
　一口井
一把火一块冰

　　　　　　1988年3月14日 重庆

桌边

时间和门
冻在雪山下

窗帘。岩画
红珊瑚的小圆桌
　　我们默默相望

关山几万里
候鸟的扑翅声

点燃一支烛吧
琴
　　在哪里

　　　　　　　　1988年3月20日至21日　重庆

我和你

灼热的,一片霜叶
在你身边飘落

流星化为一条脚印

燕子该剪云而去
然而,命运
　　在掷骰子

光环、花圈
　　远景、近景
残阳投射的石塔
是修长、修长的

　　　　　　　1988年3月22日 重庆

窗外

一股寒气,卷裹
一幢危楼
　　　倒向我

我凝视自己
　　　一个小行星
追踪月球的行旅
红灯像宫廷的宝石

关门的响声
锁门的响声
海煮成雾

1988年3月29日　重庆

问

关上了你的窗
淡蓝的眼睑
　　一泓秋水

画纸,泼上灰的色块

雨天
　　如线的愁怨
落自你眉头

没有风
满河的浪
鱼
　　困在乱石

1988年4月6日　重庆

楼外的召唤

楼窗下,游荡着
一个夏夜
　　一个黑影

长颈鹿困在地平线
断了桅樯
我弯下腰

夜繁殖现代舞曲

我坐在屋里
屋里
　　没有我

1988年4月7日 重庆

浮雕

只看见半张脸

在时钟的波浪里
我旋转
　　　绕着太阳

冰封的水乡

找不着一柄斧
去丛林深处
　　劈一条小径

悬之于壁
等你回过脸来

　　　　　　　1988年4月7日至8日　重庆

荒原

红色的草
黑色的草

我
　　弯腰如环
拾拣自己的遗骨

心里在呼喊
有小河爬行远处
不
　　地壳断裂了

寻你而来

　　　　　　　　1988年4月23日 重庆

巴赫之死

他要看清这个世界
而纱布
　　缠住了太阳

我在月光里显影

他睡着了
弦的振幅消失了

我站在你面前

夜的湖
我们之间的
　　　黑洞

　　　　　　　1988年4月23日 重庆

夜访

你的床头
一株垂柳

月光抽出万缕丝
纺织
　　一个没有根的童话

门在老化
谁能在树荫下

我在岸边
而你，那双眼睛
　　是桃花水

1988年5月17日　成渝车上

无题

痉挛的熔岩
在地层深处
　　　找一扇门

白藤疯了
香樟树呆了

你在我的怀中

夕阳烧红你的唇
而窗前
　　　玫瑰正在凋谢

　　　　　　　　1988年6月27日 重庆

不能忘却

半个世纪
用刀尖
　　在我红热的掌心
镂刻你的名字

光秃秃的火焰

秋风哭着走过门前
落叶是你的足音
你蜷伏于化妆盒
　　不是躲开我

珊瑚坝江边
有芦花在风中招魂

　　　　　　　1988年11月17日 北京

有人叫你山妖

鞭炮的节奏
醉态的潮
哆嗦的大花窗帘
你的腰
　　乱风中的竹

冷山、空庙
　　有一粒水珠
滑落于睡莲

霜冻了灰墙
我瞅着
　　怕你回到画上

1988年12月5日 北京

浴

月亮的光源
青春净光的冰雕

你从何处晚归

救护车与救火车
缩短了东方的夜
　　我被苦寂分解

水声是花粉粘成的

他竟能熟睡
　　一个盲人
而我，关在门窗外

　　　　　　　　　1988年12月5日 北京

影集

一次陨石雨
从少年落到中年

碎裂了
　　　当你进入这个世界
每个残片
都有焚烧的裂纹

酒杯与寂寞中
考古学家
　　　有多少困惑多少泪

苦行于深夜江边
你的影集之外
也是冷森森的

　　　　　　　　　1988年12月8日　保定

环

圣母的光环
火烫的一双胳臂

冻土的断层
一粒种子睁开眼
有蜂鸟飞过
　　衔来一角晴天

活得太累
爱得真苦

瞬间是永恒
我的家
　　车票垒起的庄园

1988年12月8日 保定

巧克力

我是甜的
　　从你口中降落

酸涩却结晶了
似碎石
铺成一条古路

每日之晨
目送你外出

霓虹灯的橱窗
　　穿燕尾服的巧克力
列队起舞

　　　　　　　　1988年12月8日 保定

跟我走吧

床上一侧
长出了灰白的蘑菇

鼹鼠,成群结伴
　　来自展览厅的玻橱
向门缝拥挤

你躺在收录机的磁带上
　　转成一个烟圈

别问,去哪里
我不知道

　　　　　　　　　　1988年12月9日 北京

断桥

炉火旁,苹果
在糖水中悲叹

我像蜜蜂进出蜂房
进出你的家门
你
　　有蜘蛛一样多的腿

一言一笑都活着

闹市的眼窝深陷
天空是铅板
立交桥如巨兽之肋

1988年12月25日 北京

探病

半遮着
　　　半轮明月
几缕幽梦的云影

海凝固了
素白的浅滩
　　　留下落帆的船

世界下着雨

在你的淡蓝中
给你念了一首
　　　写给你的山水

　　　　　　　　　　　1986年4月23日 重庆

回声

听着发呆的湖水
守着
　　　沉睡的
　　　　　弦

一千年了
在戈壁滩上
瘦长的影子跟着我

回声来自我的背后
时间
　　　恍然断裂

　　　　　　　1986年5月24日至26日 重庆

别

飘落于江上的
    红叶
风中的蓝烟
割断的梦

  你的眼睛
  是我的书

太远了
古村
  板桥
而浓雾
  还裹着夜寒

       1986年12月19日 重庆

落叶

门外是雾

我还捧着
浅红
　　圈成的井

门外
是晚秋的雾

书,阖上了
你的脚声
寥落如流星

门外是
雾中的远山

　　　　　　　1986年12月25日 重庆

梦游

那一束光
　　来自你的眼中
拧紧我的心

树上的桑叶黄了

我成了蚕
惶惑地蠕动
　　吐着丝

你扶起我
我已脱落翅羽

　　　　　　　　1987年1月6日 重庆

夜渡青衣江

密密层层的思念
寸断的灯影

那幽黑的远处
　山外的山
　　　你的窗还是那么小

渡口呢

木船划过心上
甘蔗林有雾

      1987年8月4日 广州

错位

一只红蜻蜓
住脚于一片黄叶

月光
　　丝丝缕缕
绣着镀银的虚幻

　　池塘轻弹着
　　水圈的温柔

黄叶掉落了

　　无边的海浪
　　望不着的孤岛

黄叶还在掉落

1987年9月19日 重庆

给你

重病之夕

死神向我窗台走来
阖上双眼

阴霾的村野
草根如戟，挂满
　　兄弟的残片

活在自己的壳里
真够累了

悠悠荡荡、一路
　　失落自己的姓名
只是留着你

1989年1月6日 北京

赠

赠你一片枫叶
一片猩红的枯叶

春天，乌鸦盛开枝头
夏天，雷火的炼狱
而秋天
  呼救的夜
  结出黑色的衰落

请你用智者的额
   抚摸它
我很冷

        1989年1月7日 北京

颐和园寻踪

冰封的湖能寻回什么
尽是错乱的刀痕

在冻僵的瞬间
　　浪
　　　怜恤过自己么

而人,被阳光
抽搐成又黑又小的剪影
闲置在刺眼的锡纸上

杨花零落为湖泥了

寂寂无声处
　　我用双手
捧住你的脸

1989年1月15日 北京

今天好冷

无数的切线
　　昆明湖在我脚下
　　碎裂了

绿水都是皱纹

我遇见了谁
谁在园中等我

十七孔桥下
薄冰融为一扇长窗
　　你在月城冷夜

明天是另一个冷天

　　　　　　　　1989年1月17日 京渝车上

漫步黄昏

一棵树一块阴天
两棵树
　　一条路

无意挽留残阳
红叶上的血够多了

枯草是多情的
　　絮语挂在草尖上
明晨就是露珠

三人向暮霭走去
我和你
　　还有一个黄昏

1989年1月23日　重庆

凌晨的猜想

扑灯蛾飞出的
　　一摞圆圈
夜兰香用风尘夜话
春雨揉摸着新笋

山城风吹散你的幽思
　　我不像你
睡不着是害怕醒来

从壳中走出
你的手
　　如蜜蜂之舞

　　　　　　　　1989年1月29日 重庆

海思

不要问海
有只鸟飞于烟波之上

蛙声粘贴残荷
　　少年的鼓
晚冬了

千万颗晶滢
从海心升起
　　你的熠熠耳语

有只鸟在海面盘旋

　　　　　　　1989年2月4日至6日 重庆

待

路上,蓑草扭成鹿砦
狼在林中假睡

我为你折一纸方舟

来
　　向我
牵着霜风的衣襟
跟着残月

我的一片瓦
容得下
　　你的哭声

　　　　　　　　　1989年2月22日 重庆

窗的狂想

红热的天空
红热的
　　　高楼和街

青铜塑像在熔解

拉住江河的源头
把湖抱进窗
　　　让我沉入湖底

火的沙漠

　　　　　　　1989年3月3日 重庆

枕边

你把海浪,轻轻
涌到我的枕边

小蘑菇有清香的耳语
圆伞护着
　　连根的情爱

同伴睡着了
她把孤寂让给你

月亮是红的
　　月亮是白的
浪上,是破碎的

1989年3月6日 重庆

旋转舞台

你走着钢丝

没有追光
　　蓓蕾是摇篮里的石头
氤氲之谷

我冻僵了

水晶的蚕
在菜子秸上
织着
　　自己的茧

一条泥路。一支箭
射向泪的河

1989年3月30日至31日　重庆

晚归

依着我的房门
你睡着了

南飞的雁
　　　山的多条曲线
缠酸了翅膀

你的环我的环
粘结
　　　两个火炭灵魂

红烛,染暖了
　　　玻璃窗外的白雪
有天鹅起舞

　　　　　　　　1989年4月26日至27日 重庆

戏水

湖面截断了你

你为自己织一张网
那柔软的
　　　飘悠地扩散的网

透明的蓝天在水中
月蓝的透明湖水
　　在你的眼中

弯下腰
　　长发接上长发
鱼群将攀扶
游于晴空

　　　　　　　　　1989年4月28日 重庆

拾贝

邛海之星
你童年的鳞片

一间间扁平小屋
关锁过
　　几多清冷月色

静悄悄的青山呵

上千朵李花
　　萎蔫了
浪的葬礼

你用双手的渡船
打捞着我

1989年4月29日 重庆

无题

响箭似的暴雨
你独自站在雨中

一株剥落新叶的树

我听见
　　你心上的伤口
裂开如崖岸的洞穴

天空是桃红色的

雨水从长发
流成滔滔江河

1989年5月30日 重庆

等待客人

一座昏乱的珊瑚礁

雷声中爬行
　　　蜗牛之旅
秒针
画着无休止的问号

你的白日梦
我的虔诚的午夜
　　　都在守望窗口

漫长的昏昏沉沉
檐下，倒挂着
一只尖叫的蝙蝠

　　　　　　　　1989年5月31日 重庆

祭

把泪花,拼缀
　　一个酸心的十字架
送他远去

公路是沉睡的蛇
灵车却在急驰
　　桥头堵塞了

一根羽毛浮在河里

骨灰盒中,锁着
他的残稿和我们的情书

足音
　　荷塘秋雨
越走越近的墓地

　　　　　　　　1989年7月6日 重庆

游踪

那一年，我们
　　在钱塘江堤
看退潮归海

万树梨花听风雨
你呢

从杭州湾寻觅到彝海
白昼丢失了

荒寂的月球你的心
无数环形山
　　大海的泪痕

1989年7月8日　重庆

小溪

一条软化的水晶
娓娓地
　　打我的天空流过

山岭陆沉于彩云
碎石分解为羽毛

贝多芬把月光
　　裁成一组一组音符
水车柔顺地转动

一只小猫咪
追逐一只红蝴蝶

　　　　　　　　1989年7月23日 重庆

望云

这一张帆是我的
　　小樱桃结出苹果
钥匙藏进石头

没有云

那一幅浪是你的
山峰栖身于峡谷
　　黑猫吹着笛子

云没有

偷走了月亮
留下一双你的眼睛

　　　　　　　　1989年7月27日 重庆

约会

我在门外等你

石榴花开了
　　一团一团情思
牵引我走向湖
湖水在焚烧

门外,我在等你

石榴花谢了
赤红在空中盘旋
　　忧郁的烟
　　猎人击中的流血小鸟

　　　　　　1989年11月30日至12月4日　北京

你听我说

心上有一座荒山
山上有一个破庙
　　庙里有一位老和尚

浓雾降临之晨
老和尚死了

我走在潮湿的坡地
无家的水在漫流

默默地深挖墓穴
　　安葬一份孤独
你向我走来了

　　　　　　　　　　1989年12月1日　北京

无题

我们护佑一炉火
护佑
　　最后一方地

窗外,严寒
　　白面的乐师
在电线的五线谱上
写满凄厉的旋律

熄灯吧

四垛墙坍塌了
我们俘获
　　整个黑夜

　　　　　　　　1989年12月2日 北京

谢你一吻

你的吻印
　　　留在红叶上
秋霜化为满山的露

清冷的湖边
走着如牵牛花爬满我一身的清冷
你在玻璃窗中

露珠扑闪于我手掌
一付使蜡烛含羞的项链
　　　　　　等着你
穿过透明的岩墙

　　　　　　　　1989年12月3日至4日　北京

小城之冬

铁青色的大塘
一条醒着的鱼

新楼与破巷都融解了
小贩用烛
　　把边城
　　　　烧出一个个针眼
有彝人在墙根憨睡

想去看望一位朋友
不知该说什么
　　鱼在塘里游着

　　　　　　　　1989年12月31日　北京

我在窗口

按不平你湖上的浪
移不走
　　铅灰的山影

蹒跚于隘口岔道
太久,小桦树长成柴片
化为烟了

鱼在网中
从网眼的荧屏
　　　　观赏
跳龙门的镜头

　　　　　　　1990年2月7日　重庆

断章

明净的窗玻璃
渐渐
　　挂上了尘雾
一枝烟飘成空洞的天桥

插着紫丁香的白瓷瓶
在你心中碎了

没有看清面容
走了
留下一个黯淡的笑
　　如一朵雨中的百合

　　　　　　　1990年4月23日 重庆

夜航

在你的臂湾
给我一个泊位吧
　　　　我好累

那片雾散尽了
冬天真的来了

我在药碗中
看见
　　我的短发
已荒如霜草

夜风吹不尽思念
树影更迷离了

　　　　　　　　　　1993年9月2日　北京

等候

深谷有雾的波涛
卷走了流浪的云

早晨总是这般清醒
　　逆流中的鱼
渐渐，有铅
浇铸我的双腿

我闭上眼睛
就看见工蚁修巢
又拆毁了

晴天，烟雨纷纷
　　一把断弦的琴

1993年9月15日　北京

古城

是去捡拾残片
还是去修补
古城
　　　大雁塔上
看见我么

我喝一口汤药
好酸苦

年轻时候
满院的玫瑰
大碗的羊肉泡馍
这份潇洒
　　　你不会有

　　　　　　　　1993年9月15日 北京

等

黄土高原的沟壑
传说是一个女人
　　用眼泪冲决出来的

奔流澎湃之声
　　夜夜，来自
我墙上的斗方

雨天，你背着孩子
泥泞如沼泽的路呵

黄河岸边
我为你拴牢
　　一条羊皮筏子

　　　　　　　　1993年10月2日至8日　北京

遥远的声音

云雀,天天
　　　穿过晨星的网
每一句歌
我都听见了

曾去寻找过你
　　　在大河桥头
　　　黄土高坡羊肠道

难产的产妇
看见,生命
一寸一寸离开

你久住无窗之屋
又是雨季

1993年10月22日　北京

永恒

我等你在邛海之滨
青幽幽的北山
　　黄了
　　　　又秃了

不能如往昔
划一条小船
　　　　去湖心
为你
网起一弯月

归来吧
一会儿风雨住了
满湖的白天鹅
　　都飞走了

　　　　　　　1993年11月24日 北京

失恋者

周家湾寻诗

故居

这临江小屋是空的
像我的日记

落花
　　夕阳
　　　　消逝于遥远的浪

渔船还在江上追寻
把网
　　撒向我的脸

谁在喟叹

　　　　　　　1986年2月25日 重庆

小巷

小巷。腊梅
枝桠似的小巷

悄悄地
　　贴着你的脚声

你是烛光
我背靠着黑夜

何处寻访你的清芬
缓缓地
　　听着我的脚声

　　　　　　　1986年2月26日 重庆

断想

一束微弱的光
挤压过
　　寒夜

散射了
但都是星

冷湖以水晶的陵园
　　指望着
　　一个个坠落

它们运行
自己的弧线

      1986年3月3日 重庆

窗前远望

一尊石头雕像

  夜色是腥的
  拂晓是甜的
  大江是醉的
  云影是酸的
  远山是苦的

一株白杨树
 呵
   一张弓

      1986年2月27日 重庆

觉林寺

楼群。公路
彩绘的瘦小佛塔

不是我的

月夜
苗圃的小路
　　你鬓角的柔发
　　弹拨着我的细语

一张张棋盘
只剩下残局

　　　　　　　　　1986年3月1日 重庆

原注：一九四二至一九四六年我念大学时，在重庆南岸周家湾住过四载。四十年后重访故居，百感交集。

无题

一面镜子
一双眼睛

晨光
　　暮色
我的心拴着
　　看不见的线

我在钓鱼
鱼在钓我

　　　　　　　1986年3月26日 遵义

思

两方楼板四面墙
像掷骰子一样转动
　　储存心底的苦涩
　　又倒回嘴里

听见我磨牙的声音

圈栏里。午夜
牛在反刍
　　我也躺着

　　　　　　　1986年5月1日 重庆

动物园看虎

我们对望着
从你的瞳孔
　　看见我自己

我像射落太阳的武士
还有门票

观赏我的
怎么会是你
而且
　　给我留下一条
　　长满牙齿的路

1986年5月8日　重庆

读友人书

　　长江与黄河
　　是两行泪

捂住胸
　　像隐匿着初恋
血从指缝流成霞

走碎了大半生
艾蒿之根在熟睡
　　忠淳的落叶

月亮真美
月亮在水中

　　　　　　　　1987年6月26日 重庆

边家山

房门一把锁
女人抱着孩子
在檐下
　　守住寂寞

男人都赶火把节去了

苦寒的村子
一个衰老的裸妇
　　梦中正在分娩

苞米叶是绿的
牛，迈着安闲的蹄

1987年7月26日至28日　重庆

山野

青幽幽的苞米地边
两条水牛啃着草
　　啃着
　　干硬的时光

越过牛背
她在看什么
　　满脸皱纹
　　满山皱纹

下雨了

小路弯弯曲曲
滑进了山坡洼地
牛与放牛的人
　　呆呆地站着

　　　　　　　　　　1987年8月2日 广州

失恋者

一口不见鳞光的井
井绳,难以测算
　　　你的深浅
我等待,如
干裂了长裙的鱼

酸雨,锈损了
涂上亮漆的轮子
　　　辗过时间的坟

走出我来
穿越白垩纪的地层
　　　　　我无泪
满身的星斗

　　　　　　　1987年12月18日 重庆

老和尚

他从天井一角切过
拱桥没于厢房

  一汪净水
  一片清风

月如扁舟
停在矮屋之脊
他不知道

  轻轻掩上柴门
  古庙更空寂了

      1988年3月29日 重庆

又是开花时

悄悄脱身闹市

幽独的玉兰树下
又写一页
　　幽独的哀思

轮椅的车辙
遗留我的眼角
更深了

年年,我带走
　　一片花瓣
你凝视的话语

　　　　　　　1988年3月29日 重庆

山村

两只粗笨的手
捧着
　　小块蜂房
山色，骆驼的峰背

风声也是沉默的

安宁河
　　在碎石上蹓跶
肩着厚重的山影

几条炊烟
拴牢土地的绳

　　　　　　　　1988年5月29日　冕宁

峨眉山

上山

绿茸茸的
　　深谷大山
我,一只甲虫
在一团乱线上爬行

密封的灌木林
谁窥视过
　　万代繁衍的奥秘

时间在这里凝冻
人世被绿色遗忘

荒无足迹
来路迢迢去路迢迢
　　而风
　　要把我剥个精光

　　　　　　1988年5月25日 西昌

大杜鹃花

一种颜色是萧杀的

你用宽大的手掌
托起
　　太阳的火球

没有眼睛
没有爱

你在雨中消瘦
高寒中零落

死了
　　一地血
却站着

　　　　　　　　　1988年5月25日 西昌

云海

在孤岛上
我自己

也是孤岛

云浪，拍着
狼的悬崖
拍着
　　　走了一生的瘦腿

看不见狂笑的群山
酒气醺醺的小路

等候
　　一叶轻舟
向无边渡去

　　　　　　　　1988年6月8日　乐渝船上

这里还是冬天

松涛裹着风
从军棉大衣射过
　　寒冷封锁全身

没有看见鹰
金顶之夜不是巢

枝上叶芽多么细小
雨
　　疯疯癫癫落着

我朝山的热汗呢

苦于北方
　　　　走开了
这里还是冬天

　　　　　　　　1988年6月8日 泸州

舍身崖

崖下的猴声鸟语
　　崖畔的云
　　　　魔杖的诱惑

多少世代的哭声呵

我在冷雨中久看
伤心的泪养育的杜鹃
开得真红

石头都踩得光滑了
不是为了凭吊

为了忘却

      1988年6月8日 乐渝船上

夜店

山风、山雨
一条颠簸的篷船

佛光不属于我
但愿有云
  遮掩我的憔悴

金顶是苦寒的

山路如蛇
  咬断了梦
为何爬陡坡三千米

明晨有日出么

      1988年6月9日 乐渝船上

大佛之乡

乐山大佛

从九曲栈道踉跄而下
为了向你膜拜

匍匐于你的脚背
浸骨的寒气
　　依着唱歌的风
从趾缝袭来

我困惑地仰望
你,身上
　　满是青苔

岷江流到头了

1988年6月6日　乌尤寺茶馆

乌尤寺青衣亭

遥望片片叹息

青衣江
　　　你被大渡江吞没

奇秀的水色,化为
不褪的苍白

木城的鱼
千佛崖的帆影呢

而大渡河
　　　也与岷江消融了
折断的一支箭

海
　　　不知何处

　　　　　　1988年6月6日　乌尤寺茶馆

在大佛耳边

一次,十次
　　　亲昵地呼唤
我老了

耳洞，幽深莫测
长满了青草

只见那只大手
平展在他的膝上
千年
　　捏瘦了岷江

　　　　　　　1988年6月6日 乐山

崖墓

宁静如秋月
灵魂为崖石封存

有陶俑陪伴
墓中不寂寞

灯光的黄昏
我走向深处
　　灼热的阳光
　　只是活人的梦

不要什么了

什么都不需要了

      1988年6月6日 乐山

凌云树道

每走一步
  都有沉甸甸的落叶
从头上飘在心上

落叶也有鲜绿色的

黄庭坚、苏东坡走过
寻找不着
  他们的鞋印

许多树
  刻了许多名字
歪斜的字迹都胀大了

      1988年6月7日 乐山船上

彝海

青松林中

不知哪个年代
　　落叶填补了坑洼
前后都没有路

树梢是膨胀的云
林木之间是海
　　脚边开着
　　淡紫的羊角花

走过一棵青松树
　　还是一棵青松树
都累了

1988年12月11日至12日　北京

彝家小姑娘

你瞅着陌生人
　　用陌生的眼神

像彝海

世界只有树叶大

汽车的轮印
我儿时跟踪过
　　赶到一条无桥的河
你在寻思什么

没有人作伴
　　如你祖母的童年
寒瑟的群山

　　　　　　　　1988年12月13日 北京

海边

斜坡。地毯似的芳草地
高山的梦幻

一排绿色小屋
像一个少妇在睡
　　懒得去想男人

小路连着冷冰冰的海

长年都是不声不响
山上寒雾空濛
看不清
　　火塘的冷暖
　　岁月的流失

　　　　　　　1988年12月13日 北京

挨着海边走

歪歪扭扭地走
每一步
　　都翻开一页画册

枯叶
　　树根
　　　　奇异的石
从起点走到起点
走成一个圈

彝海是诱惑人的

　　　　　　　1988年12月13日 北京

桤木树枯了

傍着海水
　　一棵古老的
桤木树，枯了

扶住这时间的遗物
见水面
　　背靠山影与云影
我也成了古木

枯死的树站着
有几只鸟
　　站在枝上

　　　　　　　1988年12月13日 北京

哭雪蕾

春节。子夜
天上还在飘落
　　焰花的彩翎

我赶到床前
你早已失去了声音
你的手
　　颤抖
如寒蝉的薄翅

一根火柴
　　支着的一盏灯
熄了
你闭阖双眼
阻拦记忆
从时间深巷走来

　　　　　　　　1990年3月4日至8月20日　重庆

末班车

雨夜。孤黄的街灯
深秋在枯枝上
　　　　落着泪

我等了很久了

一条珠线
　　把长街拉长了
黑郁郁的远处

不会来了吧
我还在等着

　　　　　　1990年10月24日至25日　重庆

竹海

阳光用一根一根线
穿起竹叶上的水珠

嫩绿的浪
闪闪灼灼
　　漫过一座山
　　　　又一座山

我溅落海底
听新笋
　　栗色的珊瑚
长成千万竿竹

1991年4月12日至6月5日　南山

我的儿子

神殿。祭坛
广阔天地……

湿淋淋的一串夜
青森森的东窗凄惶
　　都挂在
　　　冻僵的秒针上

我们在火炉旁
　　　　掷骰子
清脆的响声
流成洪荒的冰川

我游荡街头，常常
像从枪口射出
　　你的名字
泪流满脸

　　　　　　　1993年2月25日至5月1日 重庆

一个花荫中的女人

献词

一

夏日,从箱底
取出你的红头巾
　　煅烧我半生的一炉火
抚不平的褶痕
岁月犁出的浪

二

森林风雪夜
　　　　候鸟回归
有野猪群从窗外溜过
你的耳语
　　一件无价的根雕

三

我种的树越长越小
我杯中的月亮越喝越碎

四

海洋的雾,涌了过来
晚秋痉挛着
　　　　　我追逐
我的回声

五

金色的纸屑如灯蛾
　　飘舞你的发上
你抱着的
不是绢纸做的蔷薇

六

我苦行于石林山径
指望,有天使
　　　打开天堂通地狱之门

七

蒲公英在飞
河中浮冰碰撞

我擦去身上的湿泥
守着一株古槐
听新芽
　　穿透树皮

八

我依然呼吸着你

　　　　　　　1990年1月2日 北京

一个花荫中的女人

一

我在车站徘徊

拾起
　　一页页秋色
我给你的信稿
有人把水盛进竹篮

二

向石头问路
遥远的列车上
拥挤如罐头中的芦笋
　　春天却流淌于
　　　你长长的睫毛
楼群推走了黄土地

三

不知道是阴天或是雨天
冬来了

向冰冷的岩石攀登
求索
　　你心中的一块玉
风,吹散了
瞎子的曲谱

四

七月的太阳长着尖齿
天上有一堆婴儿的尿布
路
　　在你印的方格纸上
我走得好苦

五

是谁,把我们的夜
　　折成有宝石眼珠的鸽子
放飞了

六

车轮的旋风
春潮的泥石流

我把自己的两只眼珠
    放在掌心上
古尸在地穴中溃烂
爱是最短的捷径

七

悬崖夹缝中
我们进山。脚下
   小镇一窝狐狸
一线天一条云一缕长发

八

小路爬在我身上
僵冻了的蛇

竹林、井台、黑瓦
那探身土墙外的桉树呵
      你的家

钱塘江的八月梦幻曲

九

你笑。山野的果子都坠落了
你的眼睛
　　　我回游的天
　　　我翔飞的海

十

一个苍凉的中音
　　一个问号
　　　　　领着一个叹号

山崖有崩坍之舞
一只羊皈依十字架

十一

我寻找你的爱抚

田里。一头水牛
　　　拉着迟钝的黄昏
犁着眼睑的土丘

十二

大海的褶皱都抚平了
我们走向夜里
　　抹去孤岛的地方
静悄悄
只有你唱着我
月光涂亮了地平线
颤动如弦

十三

零落了，二月樱花
风雨之夕
　　你是我挖掘出土的火种

曾在广寒宫里苦待
　　用疯癫的花芽
给苍白上色

十四

我在塘边捡回自己

一盒没有唱完的磁带

一根潮湿的井绳
　　　　一袋沉甸甸的梦
一帧你画的温存

十五

走进县城了
记忆的溃疡点

那临江的小饭馆呢
灰楼的倒影是饥渴的兽
吓走了杏花
没有一声你的叹息

十六

多少次滞留
　　　无船的渡口
任落叶划破年轮

你的青衣江
一把宝剑
　　寒光逼人

十七

山路,殒星的轨迹

扇扇柴门
  忧郁的石壁
期待有你的翅飞出
给我生命,刻上
火焰的弧线

十八

你的唇我的唇
搭起
  一座桥
我们在桥上饮甘蔗的汁

十九

我把你藏进一幅古画
高悬云中
洪水淹没了天空
  你是我的船

二十

走过秃鹰的陡崖
山谷的浓雾
　　　钟乳石的白牡丹
险恶弯道患着伤寒病
你走过的

二十一

什么船
　　　载走了你怀中的火山
什么路，捆残了你的玫瑰
什么山坳，箍死了
你香淳的恋情

二十二

勾去了我的姓氏
春的家谱
而篝火
　　　一片一片复苏我的青春
我化为灰烬，为了
给你整个白昼

二十三

一张枯叶踩碎了
你的新衣变作尘土
草原,无边无岸的
　　　　焦燥板块

落日那么红艳
一条荡妇的内裤

二十四

草房在望
那背靠着大山的衰败
　　　　灰黑如荒冢
相爱的往昔已长满藓苔

二十五

夜的鞭梢追赶我

你的门,断开两个世界
你双臂交抱
　　紧搂着
我疲惫如死水的灵魂

二十六

木炭的花蕊,愈合
我扭损的脊背
你的长发是火的瀑布

山村夜如蜜如酒
我们静听
　　房上的呼哨
　　窗外的淅沥

二十七

屋顶垂挂着麦香
黎明在呓语

我等待你如同一只扇贝
在浅滩等待浪的庇护

二十八

被抛掷的五彩线球
上山了
　　手工精巧的钢丝笼子

青春大拍卖
一张无弦的弓

你的肉体在皱缩
你的泪
　　从我的眼中流出

二十九

岁月
　　大白鲨游走了
我们站在断桥的两岸

三十

跟我去秋霜的森林吧
　　　　跟我去营巢
色彩都归你

朱红是你的嘴唇
桃红是你的脸
那淡淡的赭红
　　是你胸上的葡萄

三十一

茅屋有永恒的干渴
小窗,半张蛛网
　　套住几重青山
你的声音神秘而悠远

隔着云雾山谷
山顶的麻风病院
更加郁郁葱葱

三十二

画册的缝线猝然断了
你
　　飘飘扬扬
梅雨中的落花

三十三

我要对你说的话
已迟缓如哀号的蜗牛

长渠
　　心灵的裂缝

是你的爱在呼唤我么
太阳跌碎在白杨枝头

三十四

夏至的红梅
中午的星
思念是横空的电话线
　　从天边来
　　　　向天边去

三十五

捧起青衣江
像在冷寂的村夜
　　捧起你的乳房还在沉睡的你

我向远山听着

江水让残阳西沉
留给我一条血红的虚线

三十六

我在荒原上沉陷了

时光的潮汐呵

三十七

跳越我额上的深涧
你
　　　扑向我
我古老的痛苦是风中的烟尘
青衣江流着蜂乳

三十八

你依门而立
扶着如你一样鲜甜的女儿
　　　蓝色的湖的冰镜
　　　千佛崖的两尊石像

我衰老成一把锈蚀的锁

三十九

墓地。你的墓地
我把黄土切开
　　　为你擦干眼角的泪珠
黑夜降临了

星光割断舌头

我站立坟前

   是你的墓碑

四十

崖边、树后、路旁

你隐形于

  花光与草色

窥视

我驮着苦恋的行迹

     1988年11月至1989年10月 渝京

寻人记

第一首

我去找你
没有你的地址

冒烟的公路
冷清,还亮着
　　　蛇皮的光
嘉陵江流在屋脊上
一河土红

陌生的脸
一张一张漂过了
　　　撕去的日历

　　　　　　　1991年7月18日 重庆

第二首

从张开的眼
关闭的窗
　　　搜索着你
我走在闹市
如对肝癌扫描

你是永久的冻土
昏濛又晶滢

谁能领你
跳进温香之泉
乱石缝中，萎蔫着
　　　一叶秋色

1991年7月27日　重庆

第三首

天天走这条路
总想
  有一树榴花
把早晨开在路边

我把路走老了

踉跄的路
  披散着白发
隐伏于淅淅夜雨
消失了,如你

      1991年7月28日 重庆

第四首

你走进我的书斋
你是一本厚书

窗外,云的疮口
　　漏下一线光
照着一张憨笑的脸
一朵栀子花

薄薄的花瓣
慷慨的嘴唇

我一页一页读你
醒着的
　　又是熟睡的潭

　　　　　　　　　1991年8月7日 重庆

第五首

在窗前苦待
雨珠,滴落
　　倾斜的荷叶上

一只猫,躺卧
　　我古老的木椅
眯着蓝眼睛
像一个退休老头

不见你的身影

如我,忘记了
曾经爱过我的人
泥沙淤塞航道

1991年8月8日　重庆

第六首

塘边,浅草中
小鸭群留下和声旋律
竟有你的足迹

我如一个痴呆患者
静坐在古槐下

浮肿的大千世界
找着了方舟么
涟漪如鳞
　　是心上的皱纹
　　还是你的笑

1991年8月10日　重庆

第七首

公路捆紧了的田野
用焦黄,过早地
　　把桥
　　架在你的背上

你坐在井边
守住井中的日月

一株酸枣
提着几盏冷清的
　　　　　红灯笼
你木头似地望着我

走不出画框的船呵

　　　　　1991年8月12日至20日　重庆

第八首

柔嫩的芳草地
初开一朵淡红喇叭花
真甜,你种的
　　紫葡萄熟了

幸运的彩墨条幅
一生只收藏一张

从低矮的瓦檐
　　滴下的,是你
小如针孔的期待

背着你的影子
回归我的蜗居

　　　　　　　　1991年8月22日 重庆

第九首

埋在高山的玉
封在地腹的泉
遥远的海岛
　　一枝夜来香

喜欢看你
悠悠地阖上眼
蜜的山水

为啥这般躁动
　　如雨前闪电的云
急切地等着你
又怕你来

1991年8月25日至28日　重庆

第十首

星光,从彷徨的
　　曲径上走来
一只红的小蝴蝶
飞成一个吻

我清贫而凋零
住泥河之岸

此刻,有沉船
碰撞礁石的响声
　　编成乐曲

你在笑我
还是在哭我

　　　　　　　　　　1991年8月30日 重庆

第十一首

我拉开门
　　　　你走了
一个背影沉落如残阳

无巢的鸟
浪迹白云深处

烈雷暴雨之夜
我送口信翻越南山
　　湿透了的记忆

回到窗前
你在新秋的雨中

　　　　　　1991年9月4日至14日 重庆

第十二首

我把母亲的耳环
　　转赠给你
仅存的爱的财富

你对人间谋求的
比任何人都少
　　一双新鞋
　　一块巧克力雪糕
　　一次郊游

路边挂着马掌
黑头发
　　流动的夜色

　　　　　　　1991年9月12日至16日　重庆

第十三首

残阳一片
江面，摇荡着
　　　破碎的几叠朱红

不是你，我怎么看
也不能说是你

胭脂的大苹果
浓烈的香蕉味
　　　垂挂在
记忆的深巷枝头

谁给我解读
　　你不是你

　　　　　　　　1991年10月11日 重庆

第十四首

我路过卡拉 OK
去华岩寺寻踪
　　路上站着长腿的鸟

卖冰糕的姑娘瘦了
倦容挤走了明丽
我把冬天塞进嘴

电车,快胀破的气球

透过纸钱的蓝烟
琉璃瓦的大雄宝殿
　　飘逸如蜃楼

　　　　　　　　1991年10月18日　重庆

第十五首

站台
　　　黑浪中的舢板
一只陌生的手
拖你跟他走

你向我哭了

褐黄色的西北风
把你
　　　吹成一个孤岛

何处能为你借得
一张篷
　　　一个窝
岁月在年轮上转圈
雪花的圆舞曲

　　　　　　　1991年10月24日　重庆

第十六首

也许,明天
你就用牙齿封住门
明天来得好快

固执地搬动彩冰
　　　刨成积木
在暖炕上
垒你的庭院

季节转换是辘轳
井绳缠瘦了人生
不想你
　　　却怨你

1991年11月6日　重庆

第十七首

我等待你
　　　　而时光
街头的五分纸币

困卧于冷山雪谷
当年一声"顺山倒"
也曾惊颤原始老林

瓦檐的滴水
透明的佛珠
　　我的庙呢
你骑在一只蝙蝠上
能寻觅什么

　　　　　　　1991年11月7日 重庆

第十八首

我们亲昵，不是爱
飘拂如流水落花

常常依窗看街
救火车的尖叫
　　小吃摊贩的脏手
扭结在我的茶杯中

挂历长满刺
我不愿看
　　你不会看

1991年11月7日 重庆

第十九首

你在我身边
　　我不愿看你
你远去了
　　我又想你

山泉，倒流
沿悬崖而上
我的波斯黑猫
穿着刺猬的袍

铁轨傍着江河
　　寒冬的暮鼓
敲乱了芦苇

1991年11月8日 重庆

第二十首

浅水滩的鱼
都游走了
　　　连同我自己

真想住在贝壳中
重走人生之旅
如果,我在海上
是蓝色中的一片云帆
月出该有多美

而你还在睡
　　　好一场春雨
隔墙一院落红

1991年11月11日 重庆

第二十一首

虽然白杨叶间的风
已走了很远很远

坍塌的隧道
我和你
　　在大山两侧
谁守候谁呢

我们曾经同行
　　瞧破草房在窗外飞
都不明白
爱情究竟是什么

通宵的盛宴终于散了
夜，罩住杯盘

1991年11月13日至12月8日　重庆

第二十二首

我想你
当我看见了你
　　　我好孤独

蜗居是口吃的
河边是沙哑的
凄厉地喊叫的
　　　　　是长街

数钱币的手指
多么灵巧
我看见小提琴的弦上
跳动的马思聪

你走吧

　　　　　　　1991年11月17日至12月8日 重庆

第二十三首

我从里屋走到外屋
又从外屋走到里屋
　　走不完的路

烟火世界
　　挤得一脚之地
长翅膀的草鱼使浪花
像戴满金戒指的爪
搅乱一湖寂寥

我回归我的斗室
编造，关于你
　　非法的爱情故事

　　　　　　　　1991年12月10日 重庆

第二十四首

一个朋友死了
　　又一个朋友死了
讣告,一份一份
黑色的雪崩

你还活着
活得多么憔悴

我提着菜篮,每天
在闹市零售自己

一只病猫
投影在粉墙上
　　慓悍的东北虎

1991年12月21日 重庆

第二十五首

江边一树柳
赠流水满天雪花

一个老和尚
在佛前敲痛木鱼
　　　念诵你的经文

暗淡的寂静
我在荒凉的门柱旁
　　　　　　瞌睡
篝火一次次燃烧
一次次熄灭

　　　　1991年12月23日至1992年3月17日 重庆

第二十六首

我陪着你
走过两江的江桥
在山城之胸
　　　　　刻上
长河似的叹号

什么也没有给我
你走了
去石头的故乡
　　度蜜月去了

挂满真丝方巾的树边
我眺望
你镜中的残月

1991年12月25日 重庆

第二十七首

你的脸如你的衣裳
　　　　说变就变
我不认识我自己

桌上，杯中的红茶
一片柠檬是一个月亮
你斜视着我
像一只猫
　　伏在鼠洞边

连绵的雪雨
我游荡街头
　　听街灯落泪

　　　　　　　1991年12月26日 重庆

第二十八首

冻雨化飞雪
忙着
　　　追着

一粒石子
　　从斜坡滚下
深谷的阴冷

我走向你
你关着你的门

荒草滩上
数着,我拔掉的
一棵一棵草
有婴儿啼哭

　　　　　　　　1991年12月27日 重庆

第二十九首

向深井索求
辘轳转了半个世纪
摇上来
　　　一桶阴天

邛海的水葫芦花
　　　　　沉迷于
冬日晨雾

无名的惆怅
你的又是我的
如薄软的浪
　　去了
　　　　看不见了

　　　　　　　1992年1月22日 重庆

第三十首

一个七旬老妪
舍弃了花房的家
去投奔
　　年轻时的恋人

冷雨的最后一程
生在一路死在一起

地下水堵住了
淹了一条街
　　　　半座城
而我窗上的星
却被你漠然摘走

　　　　　　1992年1月27日 重庆

第三十一首

你从冷床上
退到有青苔的桌边
如今,在厨房一角
　　干瘪了岁月

彩色的照片
　　　　飞散了
一只一只黑的乌鸦

我无力寻找你
秋汛卷走了恋情

海螺是你栖身之处么
斑斓紧裹着
　　沙漠的空寂

　　　　　　　1992年1月28日 重庆

第三十二首

一座废弃的磨房
　　　一条沉船
像你
冷落在暮色中

亲近你的人都走了
带着苦杏的涩味

我在你错了季节的
　　　　墙角
种一棵菩提树

渔网中游泳
多想
　　拾拣贝壳

　　　　　　1992年2月4日至18日　重庆

第三十三首

不会笑着来的
让我给你
　　　　擦干泪

仿佛流走
　　一个世纪
昨日的淡茶色长裙
依然有山城的风

要去调侃走过的路么
我已承受不了
你足音的轻

目光在漫游
　　夜风的鞭子
抽打着窗外的桥

　　　　　　1992年2月14日 重庆

第三十四首

为什么站在路口
眼巴巴地瞅着我

汽车一辆咬住一辆
龟行如痛苦的纸绳
　　又堵车了

你从哪儿来
又向何处去

路边的树
历经年年风尘
　　光秃秃的
一排破伞

1992年2月18日 重庆

第三十五首

怕瞧你蠕蠕地独行
一只负重的蜗牛

你曾仙女似地放飞风筝
在蓝宝石的牧场
赶着白云

春雨绵绵秋雨绵绵
路都浮肿了
　　　　霉烂了

锅台与磨盘之间
你弯腰寻找
　　是残破的粮本
还是二分硬币

　　　　　　　1992年3月17日　重庆

第三十六首

一次两次三次
我在街头看见桃花
　　　都忘却了

我的底片,不知
何年曝了光
不愿留存一线色彩

心底的暗盒里
锁着
　　一盏你的灯

　　　　　1992年3月19日至4月25日 重庆

第三十七首

我沉溺在你的谷底
有石头的天空
漏网的鱼
　　就是没有我

你却常来我身边
　　笑着说着
隔世的传闻

我的床上落着大雪
一只黑蝴蝶
　　化为一张壁画
向松林走去
小木屋倒塌了

　　　　　　1992年4月25日至1993年2月14日　重庆

第三十八首

竟然走在我的路上
历史
　　一头饿狼

看着你,看着
你如痴地远去

请拣起我丢失的
安息于野坟间的诗稿
也许,那是
　　　　路标

人生苦长
你却嫌短

1992年4月25日 重庆

第三十九首

你的嘴唇
一个古老的火山口
　　　　结着冰凌

岩浆,奔涌过的
曾将我心中之石
变成火焰

雨,落着苍白的寂静
不认识我了
你的眉,锈蚀的剑
你的眼睛
　　铺上地毯的湖

　　　　　　　　1992年4月25日至5月22日　重庆

第四十首

多少次走过那扇窗
拎着孔雀尾翎的记忆
　　小屋陈设依旧

是谁揽住潮头雷声
收藏在槐树之荫
　　　　　　两年了
仍在震荡
如你痴迷之时

我走上新建的长街
有蝙蝠扑闪而过
留下章鱼的阴影

1992年4月27日　重庆

第四十一首

点了一盏灯
又点了一盏灯

在沼泽地上
一个月亮
　　唱着我写的恋歌

一盏灯自己熄了
我吹熄了一盏灯

漆黑的辽阔
　　只有你的声音
在寂寞地飘浮

　　　　　　1992年5月2日至1993年2月14日 重庆

第四十二首

你的恋情在远方

飞翔的蛇
　　　金沙的丛林
海上的五彩的楼

把你的手给我吧
尽管，兀鹰扇起
阶梯奔流的热风

我跋涉
　　　从少年到老年
沿路埋葬着
我的梦与悲哀

　　　　　　　　1992年5月7日至12日 重庆

第四十三首

请洗去你的
　　　口红与脂粉
我早就不在山中

在巴城的短皮靴上
我如唱舞的丹顶鹤
把一尾鲜活的爱
　　　　衔给你
而煮沸的水银
从瞳孔向我浇铸

小孙女给我捶背
我独坐于岁末之夕

　　　　　　1992年5月13日至1993年2月14日　重庆

第四十四首

傍着天然气管道
我们走过长江
脚迹
　　　落在碎浪上
谁能去东海寻找

你的眼睛真美
我想迷进秋日池水
却阻于睫毛的墙

有渔船
　　　从明天划来
满舱的泪

1992年5月15日至22日　重庆

第四十五首

困在朱红的木柜里
神龛散架了
　　　钱袋瘦小了
　　　　　书长毛了

台风的风眼中
有一块蓝天

小楼平静无声
像儿时的堰塘边
　　　　我和你
用拴着的棉花球
钓荷叶上一只青蛙

　　　　　　　　1992年5月23日至8月20日　重庆

第四十六首

在梯子面前
你总是退缩
　　　却向往麻雀的窠

快出嫁了
竟要我领你私奔
　　　　　我不敢
在鸡蛋上逃走

路,依旧弯弯绕绕
人,憔悴了

哭过一次
眼泪不会流干
而风景
　　从此失去颜色

　　　　　　　　1992年6月16日 重庆

第四十七首

过早地消溶
　　　你的杏花的雪
也无卷云飞渡
北方秋黄的田野

走进你眼角的阡陌
记起来了
　　　我们曾经爱过

含怨的青春
找不回来的年华
默默地凝视着
　　　　凝视着
比什么都好

　　　　　　　1992年6月24日至8月20日　重庆

第四十八首

低沉的颤音。蝈蝈
把我们的童年
  圈进小小竹笼

一幅彩墨浸润的绸
  抽尽了丝线
我们守护的清纯呢

蝈蝈的叫声更杂乱了

不会有人在墓穴中
用雪片,轻盈地
  覆盖你的尸体

      1992年6月29日至8月21日 重庆

第四十九首

你的世界何处去了
夏天的公园
    拥挤着
汗淋淋的绿色

一条疲惫的泥鳅
游在单簧管里

萧煞的精雕的园内园
被遗忘的小塘边
几朵蜜黄、深紫
为你
  竟贴水而开

         1992年7月11日至8月21日 重庆

第五十首

你路过我的山城
却不愿见我

鱼线绕成千个结
风中摇动的
　　每一枝树梢
都是我的困惑

回到了你的故乡
竟匆匆辞世了

你带走了我的眼睛
我已无泪
　　也看不见
落日把血流在窗上

1992年7月14日至8月21日　重庆

第五十一首

在古城遗址
夕阳剪出
　　一堆恐龙的骨架

我梦见给你迁坟
你在朽木中还活着

马群驰过浅水滩
星花
　　飞蝶
我阖上《庄子》
任思绪裂爆如火山灰

　　　　　　1992年7月20日至8月21日 重庆

第五十二首

你走过我的早晨
给我留下
　　一天夜巴黎馨香

空寂沉淀于夜
你的足音,冷冻
成了秋寒的雁群

人生如街边的路面
挖开了又填平
　　填平了又挖开
说不清的管线

豆绿的蝴蝶飞在石桥
把我扇过桥东

　　　　　　　　1992年10月23日至25日　重庆

第五十三首

你不知道
　　　蝮蛇,癌症晚期
穴居你的肝上
还挤车来看我
欲哭不敢流泪

空留几天行程
唯愿黄花开桥头
　　　寻个清幽去处

昨日少年今日老
纵有龙井一杯
　　　　怎能化解
一生心酸事

　　　　　　1992年11月3日 重庆

第五十四首

握紧手,我和你
在空荡荡的棋盘上

岁月是精灵的松鼠
把小野花的爪印
　　　　爬满
一个个方格

先手后手在谁方
大小在何处
一座古城
　　两人都走成死棋

隔枰对望
　　像呆立战场
满眼的狼藉

　　　　　　　1992年11月10日 重庆

第五十五首

你依着船舷
我站在码头沙滩
请江轮
　　慢些起锚

树上的一道道刻痕
肿大了，变味了

穷山恶岭间
山溪，跌跌碰碰
　　在锋刃上开路
终于走到长江边

你去三峡看风景
我模糊地看你

1993年2月20日　重庆

第五十六首

叶公为真龙吓昏了
化为蝶
　　化为小鸽子

花荫与云空
都不是你的家

我把脚声，掖在
　　空瘪的口袋
走过你的门前

水草茂盛的洼地
流萤如乱线
你的青铜的根
　　深埋于泥

1993年2月20日 重庆

第五十七首

伏在窗台的大花猫
　　　老得掉牙了
昨夜
又梦见了你

偷渡铁蒺藜闸口
小河流着仇家的刀

大车上，一只
来自山林的红嘴蓝鹊
那天青色的尾羽
是我们投奔的天空

你什么时候走的
我记不得了

　　　　　　　　　　1993年2月21日 重庆

第五十八首

信纸满是泪痕
　　　朵朵水印的
淡蓝色桃花

警车给弄堂
感染不治的失眠症
各乘一条舢板
　　　在黄浦江分手

演出大厅的乐池
指挥喝醉了
　　台上台下
　幕启幕落

不敢再见你
为了那一页清白

       1993年2月22日　重庆

第五十九首

两江塔上,我们看
各自走过的路
　　冷飕飕更加烟雨

你留下的城市
在铜的方孔中
　　患了胃痉挛
我像儿时在街边看热闹
看别人发财

晚云飘来了
让我写上你的名字
　　一篇邛海的传奇
一颗无花果的故事

　　　　　　1993年2月22日至11月24日　渝京

第六十首

一只小猫咪
追逐尾巴上的棉球
　　疯了似地旋转

老教授,把时光
　　炸在油锅里
人们排着长队

江边,你用芦苇
挑起杏黄的幌子
　　削价出卖青春

有击鼓之声
　　　　　是我
在为你招魂

1993年2月24日 重庆

第六十一首

每天上午,你从
　　临街小窗走过
像一条草绿的鱼
我追踪你
用歌声系着的风

旧居衰败如荒冢
当年迷你的人
　　　　　　老了

无数次洪水
　　珊瑚坝还像
一张枯黄的枇杷叶
撩开窗角的蛛网
你还会走过么

　　　　　　　　1993年3月1日 重庆

第六十二首

投身刺客的群落
今夜
  谁的指尖
给你搭桥
在这豪华的舞厅
亮得如王冠上的
   大钻石
不必来我门前
驱散麻雀了

矮房土墙边
有过一只小兔
纯白
  而羞怯

      1993年3月5日至4月21日 重庆

第六十三首

走出一线天
我在堂屋等待你
铁锅
　　一圈圈锈痕
哭泣的桔红

你
　　爬着回来了
柴禾，一座山
压折了你的蜂腰

二十年一把錾刀
在你脸上
忘情地雕刻
　　好大的雨呵

　　　　　　　　1993年3月5日　重庆

第六十四首

风筝挂在电线上
你哭过
丢失了春天

   蜂的追逐
   花的谢落
   雨的缠绵
季节总是粗心大意
加快运转的频率

你在泥塘，年年
企盼第一声春晓

我把书籍挂在古树
等候瘦马驮来
一只昏鸦

                1993年3月7日　重庆

第六十五首

夜夜
　　有一匹浪
从故乡游来

我在船上
　　看你的虹影
　　听你的花雨

没有明天
就没有别离了

六月雪
你送我上路
我被锁在笼里
历经
　　返祖大劫

　　　　　　1993年3月12日 重庆

第六十六首

山溪水,从枕边
向暖夜流去
　　　边城有桃花雨

满目青山
垫江柚白沙酒长寿鱼
　　深村柴门
圆了庄周的梦

你的腰还是那么小

晨霞的花、柳絮的雪
一夜说不尽
　　千古是非

1993年3月26日至4月22日　重庆

第六十七首

门,推不开
  楼道夜的墨黑
却迎来了你

猎人在林海冬天
点燃一星野火

干裂的大河之源
茅草枯焦如纸灰
而巍巍雪山
  不知落泪

神台,无怨的祭品
你和我的眼睛

       1993年4月16日 重庆

第六十八首

四月的风是一把斧
砍断了
　　　我们的青青小路

围城。满街的寓言
我的门前
　　　还挂着
你纯情的艾叶

残荷在风中摇曳
谁会珍藏
　　　那血染的清香

一只蜂鸟
　　　细小的光斑
栖身在板桥风竹里

　　　　　　　　1993年4月20日 重庆

第六十九首

不愿去灵堂
只是为了
　　你还活着

拱桥的黄梅雨
我的破车
　　钉死在斜坡上
你金子般的手呵

太阳却被拴在雾中
脸色灰白

我静听你远去
没有携带
　　一件行囊

　　　　　　　　　1993年4月21日　重庆

第七十首

从什么地方传来
你白苍苍的声音

四合院的废墟
破烂筐中的神像
还有骨灰盒上
　　　你尘土丰厚的相片

枪声沉寂的北方平野
暖炕
　　　高吊的三角油灯
还在风中悠荡

我遗弃了你
你不想知道
　　　谁遗弃了我

　　　　　　　　1993年4月27日　重庆

第七十一首

我们曾经盟誓
前额贴着前额说
等你
　　等到老
　　　　等到死

一粒火星
烧穿了五月夜
江河都龟裂了
为什么要骗我

我们都回到壁上吧
如古墓的石雕
　　　　忍受
生命的风化

　　　　　1993年4月24日至7月17日 渝京

第七十二首

一个孩子的鞋尖
一个空罐头
一个响亮的旅程

青翠的树叶
　　　堆满了院子
这儿曾开过桂花

风雪天,我在边城
火的思念。大车
为你载去一盆雪莲

谁揭去你房顶的瓦
电视预报
　　　今夜有雨

1993年5月12日　重庆

第七十三首

红衣、红裙、红唇
一树石榴花

清冷的早晨
在烈士群雕旁
我等待
　　你送来一把伞

雨声吓跑了风声

我醒来
　　从残废的木椅上
拣起锈绿的十字架
走向古城渡口

　　　　　　　　1993年5月17日 重庆

第七十四首

好暗、好暗
　　　乐音舒展的全日蚀
小球灯变换着
红黄绿紫

我想点一支歌
如在南坪坟头之晨
唱醒群山

你听不见了

白洋淀的渔火
　　　　　太清冷
有肥重的螃蟹
爬进你的梦么

1993年5月25日 重庆

第七十五首

落日
　　用榴红的火
引燃楼群的玻窗

你的心中，还有
一座牢狱吗

欢甜的炉火之夜
你在炉边烘干长发
我的手是舟
　　航行于黑色的浪

而霜雪，落在
我们寒苦的头上

1993年5月30日　重庆

第七十六首

退潮
    借大海之臂
去失眠的岛
那是你的家

木棉花都开了
夜雨,火中的珍珠

旅痕,留待百年后
在枯叶中去寻找

废墟是清香的
结冰的湖泊
在你的手中
    有透明的风景

                      1993年6月1日 重庆

第七十七首

航向星星的岸
我听见,碰碎
　　冰层的砰砰声

一路颠簸
驼背的老人
　　把七十年一篮水
滴成一个冰雕

又下雾了

是夜鸟在啜泣么
为什么它的痛苦
也多如羽毛,而你
　　还困守竹山

　　　　　　　　1993年6月1日 重庆

第七十八首

清白的心
  虽在胸中跳动
太阳
  死了
街上有烂耗子的臭味

在枇杷山上吻别
我向洁净走去
你使我终于醒来

你化为蝶
却飞巡于腐草

      1993年6月2日至11月25日 渝京

第七十九首

在十字街头相会
那几个早晨,雾
　　　没有窗缝的高墙

只能看清你的脸
世界真干净

我牵着你
　　　　陪送你
你挤上车了

不知是什么季节
白天与黑夜
你都难以承受

　　　　　　　　　1993年6月8日 重庆

第八十首

错过了多少趟车
一个醉汉
　　骑在盲马上

重逢
　　在手术室的过道
这算什么站口

我们都笑了
无须说出想的什么
请医生
　　　用刀子
送我们赶路

让我打开伞吧
前面都是花雨

　　　　　　　1993年7月21日至9月18日 北京

第八十一首

有山泉之池么
容我洗尽一身泥尘
　　　再走近你

那轻盈的影
　　灯光或月光所描写
都被大厦深埋了
海风还是咸涩的

走进梦
走出梦

白发断落阶前
一院新开的玉簪花

1993年8月19日　北医

第八十二首

荒村，冷酒店
　　　孤单的幌子
挂着一钩残月

从远山赶来
秋深又加风紧

一个小院
一柱炊烟
一窗灯光

我依门细听
你匆匆的步履声

1993年8月22日至31日 北京

第八十三首

照片上的剪痕
生活的剑伤

好天气全没了
　　郁结的年月
编成荒原的狼窝

我独行在深山老林
路上
　　长满了疥疮

泥土是宽容的
我瞅着你
给奶黄月季浇水

　　　　　　1993年9月15日至18日　北京

第八十四首

东方的老人与海
病床
　　我的渔船

大白鲨的牙齿
咬出月光的夜

船楼似的西菜馆
　　我从缭绕的淡青中
瞧你
　　侍者轻轻地
端走了鱼的骨架

夜来伐木丁丁声
你在造船么

　　　　　　　　　　1993年9月28日　北京

第八十五首

何处能找着你
这个深宅大院

蛛网一样的走廊
蜂巢似的门
戏装上
　　彩色亮片的眼珠

你的家
　　一个溶洞
沉积了万年阴冷

斑剥的院门外
风化的石头狮子旁
　　你在等谁

1993年10月7日　北京

第八十六首

小手电的萤光
　　　绕成一团乱线
一张绿色的脸
绿色的长发

我一声惊叫
喊醒了自己

四十年没有路
想你
　　又怕你

夜,向深井沉落
　　　　只有蟋蟀
弹着古老的曲调

　　　　　　　　1993年10月12日　北京

第八十七首

你捧着饭碗笑
对着镜子笑
　　　望着我一脸泪痕
你笑

什么时候，蜘蛛
在你脸上织网

荒寂的夜街
　　　铺满赤红的焦炭
皮匠剪去岁月
我听见烧灼自己的
　　　　　　吱吱声

我说：我走了
你仍然在笑

　　　　　　　　1993年10月13日　北京

第八十八首

地下室的雪夜
我请电炉
　　　给我一堆阳光
你的长发是火红的

窝棚
　　　瓜田的孤岛
我们用报纸做门
守候过多少个拂晓

从远古走来
明晨,你又要走了
能够
　　　没有明晨么

　　　　　　　　　　　1993年10月23日 北京

第八十九首

我把你拉进影集
帮我一起寻找你

时间,漩涡的黑洞
年轮飞转着
　　　碎成一桌杨花

你按住我的手
把霉黄的影集阖上了

多少只彩蝶的翅
　　　悄悄摇来
那逝去的花讯

　　　　　　　1993年11月4日　北京

第九十首

汉白玉的浮雕
那一双大眼睛
　　　结冰的赛里木湖

年轻的雪山猝然崩圮
谁给你掌纹
画满幸福

我蹲在一堆落叶旁
　　　　哀悼
一颗心的憔悴

车过香山
鹅毛雪辉映红叶
你闭上眼睛

　　　　　　　　1993年11月9日 北京

第九十一首

一双老姜似的手
从黑色的旧挂包
　　　如倒掉长霉的黄豆
倒出一床奖状

边民三十年
杏红的少女
　　　蜡染成酱色
黄浦江早就麻木了

我的呼唤断于云墙
而你脚下，长出
　　　玉蜀黍庞杂的根系
莽苍的天山呵

　　　　　　　　1993年11月14日 北京

第九十二首

传闻你早死了
玫瑰花凋谢时
  有怨苦的哭声
我也哭了
我是你的一面镜子

哑巴的农场小镇
一场白日梦

什么也别说
   你的手
是根魔杖
我肝上的癌肿
迸裂了
   飞散了

1993年11月17日 北医

第九十三首

镜子反照的餐厅
小姐们如水草间的鲫
你在你华贵的裙子里
　　如此憔悴

要我观赏你什么

年轻的英格兰
农民如牛群
　　狂奔进城市
那一代挥鞭的人
有谁像你

卖过血的小姑娘
长成一头华南虎
你炫示地
　　在舱底打井

　　　　　　1993年11月23日 北京

第九十四首

走了一生的路
没有走在路上

一张张的你
　　　叠成一块黑
无星无月的夜呵

山道
　　窄巷
　　　　桥头
我以竹杖代眼
寻觅得好苦

柠檬干了
剩下的皮扔了

　　　　　　　　1993年11月25日　北京

第九十五首

我新写的诗稿
你放在桌上
    忘了

黄桷树掉光了枯焦
喜鹊的巢有多么冷

灯影，朦朦而暗淡
我炼活命之功
呆呆地
    呆呆地
坐成一尊泥塑

一盆漳州水仙
在暖洋洋的窗台
疯长着狭长的叶

      1994年1月19日 北京

第九十六首

你不再是难忘的人
虽然，我们
　　　同住一层楼

漓江之春的烟雨
庐山的晚秋雾
　　　冬天，峨眉山上
罩着的铅锭的云

誓言原本就是落花
能记住你什么
我连自己
　　　也记不起来了

　　　　　　　　　1994年1月22日　北京

第九十七首

一股龙卷风
　　　　把你
刮走了

岩墓。乐女弹着石琴
旋舞于壁
只有你的燕子
为我
　　守住一小块天

清瘦的日子是一片苔原
教堂在回荡
　　孤寂的音符
你跪着
　　还在忏悔

　　　　　　　　1994年1月28日　北京

第九十八首

我寻找的那个夜
没有灯
　　　　找不着了

在松花江边
　　　无悔地蹲在地上
赌一盘残棋
我输了个精光

有圆号丰满的音色
来自你玫红的窗

我离开这个城市了
从心上
　　　离开

　　　　　　　　　1994年1月29日 北京

第九十九首

一个人物画展
厅外的雪纷纷扬扬

许多都是老友
　　　　曲尺
　　陶俑
沉睡的树

那暴风的马群呢
牧人高举着的套马杆
　　战阵中的戟

别扶我出门了
你走吧！明天
我等你来

　　　　　　　　　1994年2月6日　北京

第一百首

我选了几个气球
又放飞了
那浮游的美丽
　　小了、没了

哪一天我们一起回家

幼年的小河边
我把断翅的蝉
　　囚在小木片上
欢叫着无声的漂流

雨巷，清冷又嘈杂
只想遇见你
提袋自己裂缝了
新书如崩塌的墙垣
　　泥水溅在身上

　　　　　　　　1994年2月9日　北京

哑弦

第一首

小雨、中雨
　　丝丝的哗哗的
漫天的曲谱

长滩似有几只珠贝
细沙覆盖着
　　　晶莹不了夜

樱桃园中
你把花骨朵打光了
却梦着
桃色的云

　　　　　　　1994年3月17日 北京

第二首

命运,推不开
像狼
　　　横蹲在路上

不该去的都去了
而生者
　　　用咸湿的泪泉
日夜捶打着
大海的礁石

什么是久长的
她在海边
　　　还在等待
那一只燕子
再来胸上筑巢

1994年3月29日 北京

第三首

白垩纪的阔叶树林
乡情
　　　亲情
　　　　　恋情
都用恐龙的牙
亲昵着你

你跪成一节
被打断的石柱

风雪除夕夜
鞭炮装饰了长街
一只无家的猫

　　　　　　　1994年3月31日 北京

第四首

一地历史的碎纸
一条荒山野路
一捧火一根绳一口井

爱
　　葱郁的迷幻的
用热泪栽培
结的都是酸枣

一代两代都老了
谁说时光在缝合伤口
只有蒙霜的石头
　　还望着远处

　　　　　　　　1994年4月9日　北京

第五首

不是在菜园
是在雪亮的铡刀旁
你倒拔一棵垂柳
　　　　　痛快了
多少世代

岁月却哭着，像羊
凄哀地
由于一丝丝眉毛
　　遮住了眼睛

而且，我做梦
有墨汁的波涛
从窗口涌入
　　你漂远了
颠簸在破船上

　　　　　　　1994年4月16日　北京

第六首

河边,你好迷惘
哪里是净水

从少女等到中年
回过脸去
　　尽是竹剑之林
而捧着的碗
盛的全是自己的泪

还是那条街
　　　　夜风
把海誓山盟
　　吹成一地黄叶

1994年4月23日 北京

第七首

来路,泥污之河
玻璃渣的斜坡陡坎

何处寻找自己
用什么去寻找

杂货铺里
摆满了最新产品
　　胖头鱼
　　　　臭虾
舍身崖下的鲜蘑菇
还有,文了眉的
红嘴鹦鹉

　　　　　　　1994年5月2日 北京

第八首

雪封的山路
　　一条铁链
缠紧
老人的脚脖子
他跋涉
　　给儿子还债

人的大潮
从农村狂泻城市
古香的色块冲淡了
而铁链似的雪山
　　年轻人背着
冻僵的老人

　　　　　　　　　　1994年5月17日　北京

第九首

深海,孤寂而壮阔
没有一条船
　　　无一只鸟影

卷刃的长剑
　　柄上的宝石
流落荒郊
听见战马的哀鸣么
不是为它自己
还在一代一代上演
依附者的悲剧
而白骨
　　　　你的
垒起了豪华舞台

　　　　　　　　1994年6月16日　北京

第十首

一次、一次
我瞪大眼睛
　　　　望着你
如枯枝上的果子
悲壮地凋零

是纸的花冠太沉么
春天没有来
　　负心的恋人
我把彩虹叠顶便帽
遮住
　　午夜的阳光

　　　　　　　　1994年6月27日　北京

第十一首

雄狮,抖动的
  蓬蓬茸茸的鬣毛
如热带丛林
让人窒息

远处传来迅疾的脚步
并非荒村
  投宿的过客
当你听见雕弓响处
梦弦早已寸断
而且
  连笼子
  也扔进了大海

      1994年7月7日 北京

第十二首

狂涛恶浪中
那一盏
　　　如星的灯
躲藏在哪里

霓虹的光照
　　　人脸变换着色彩
雪也丧失了洁白

亮了
又熄了
那颗冷冻的心
碎裂的冰块

　　　　　　　1994年7月23日 北京

第十三首

一只白瓷的饭碗
一包沉沉的原稿
一盅醉了的酒

不想看见你
枯黄的新绿的瓜叶
　　又挂满我窗前
是你蹒跚的腿脚么
　　一声声
　　一年年
我像一只蟑螂
在镜中看自己
却看见了
　　你木雕的脸

　　　　　　　　　　1994年8月5日 北京

第十四首

一艘快艇
挂着艳美的帆
穿透了
　　男人的世界

爱过
　　恨过
　　　　糊涂过
洄游淡水产了卵的鱼
生命累成一个零

留下一双
圆圆的大眼睛

　　　　　　1994年8月10日 北京

第十五首

框架都霉变了
油彩积满尘土

悬崖边
卷起一场风暴
天空
　　搅成
熔岩喷花的火山口

遥遥的歌声呵

夜半，屈指细数
多少当代英雄
何处是
　　风流去处

　　　　　　　　1994年8月19日　北京

第十六首

我们,攀登
那一条山路
　　春风、春鸟
茸茸的一野新绿

山路呢
一坛老窖黄酒
　　醉了多少年

牛群的蹄
　　踩过瓜地
不必去扛着
承受不了的困惑
我忙着,精心地
给昙花浇水

　　　　　　　　1994年8月27日 北京

第十七首

一车夜行人
只想扇起狂涛的长翅
把大地
当作醉红的枫叶
　　在云海中飞升

为什么要去想终点
谁也看不见终点

早霞
　　一朵朵红莲
纵横排列如阡陌
蹭亮着我的记忆

1994年9月6日　北京

第十八首

是早晨还是黄昏
冷酒馆,几张条桌
召来了
　　一伙老头

门开了
　　　走出
九十年代的花花世界
卤猪蹄
纠缠着酒香

夜晚终于来了
他们能做梦么
做得起一个梦么

1994年9月15日　北京

第十九首

在晴天,灰尘
也闪闪着
　　细碎的星光

汩汩的流水呵

那逝去了的
　　隔世的恩爱
一盘红亮亮的油爆虾
配一盅陈年黄酒
更鲜美了

真要走进裂断的历史
天上有路
　　梦中有桥

1994年10月16日　北京

第二十首

她噙着泪,等待
从陷阱中
　　　你活着出来

稻田边,青蛙
专注地搜寻着
　　　有害的虫
而钓钩
隐藏了锋利
不倦地诱惑

你终于来到她面前
瞬间
世界像一柱烟
　　　　　飞散了
只有清纯的爱

　　　　　　　1994年10月18日 北京

无限江山

(未完成)

无限江山,
别时容易见时难。

　　　　　　——李煜《浪淘沙》

夜泊

雨夜。一盏风灯
　　滴答
　　　　滴答

打鱼船停在
大宁河的臂湾里

船尾
　　一声炸响
有人在煎
　　　　豆瓣的鱼

大宁河黑得无边
只有鱼香弥漫着

　　　　　　　1994年12月16日 北京

神女峰下

她不寂寞
却很孤独

雨雾中
　　　阳光下
许多晶亮的眼睛
总是不愿离开

谁知道那一颗心
像大海的珊瑚

年年
　　　神女峰下
开一朵洁白的花

1994年12月18日　北京

江边的树

青竹旁边一棵树
　　每一片叶子
　　都是一本书

月明之夜
嘉陵江以她的清澈
　　　抚育着众生

一条船
　　载满古老的乐器
顺流而下
嘉陵江混浊了

江边那一棵树呢

　　　　　　　　1994年12月20日　北京

嘉陵江小三峡

巨大的、斑斓的水晶
砸在石头上
　　　　满天星斗

咆哮了多少年
向大海涌去

　　一段古树
　　淤塞了航道

常常有不知名的鸟
在漩涡与激流之上
唱山林的歌

　　　　　　　　1994年12月21日 北京

岩畔的茅屋

长而深的篝火
   又飘起
      白色的云
每一朵云都有一道丝边

大凤山依然耸立
遮住了天

山变成风
云变成雨

那破败的茅屋
全身被风雨湿透
  哆嗦着
像一个无告的乞丐

      1994年12月22日 北京

松鼠

一只松鼠
  庙堂的精灵
向一棵红松
东张西望地跑去
留下
  一条笔直的桃花路

好大的雪呵

树梢上
那一只松鼠
把它的大尾巴
当成了绒毯
  一动也不动
  好像睡着了

1994年12月23日　北京

怒江边

车队驶过高黎贡山口
留下雷的声音
尾灯
　　深红的珠链
辉煌了人迹罕到的大山

怒江惊诧着

而车队已陆续走出山口
向着
　　云深不知处

　　　　　　　1994年12月24日 北京

鸭绿江

像从老祖母的衣箱里
　　把所有的皱褶
抚平为一面明镜

而风,吹动了
　　望不见头的垂柳
满江涟漪

一朵云
不知飞向何边

　　　　　　　　1994年12月25日　北京

江心岛

一团绿色的云

水涨
　　水落
这里都是松树之林
　　　　画眉的家

圆月或繁星之夜
　　不曾有人听过
　　这奇妙的音乐会

多少船驶过
都把江心岛忘了

　　　　　　　　1994年12月25日 北京

松花江夕照

每片树叶都知道
　　　那孤单的夕阳
无声无形地掉进江里

天上有彩云
是来送别的

　　　半边天都黯淡了
　　　大地也黯淡了

剩下一条血迹斑斑的路

　　　　　　　1994年12月27日　北京

我的父亲和他的诗

止庵

一九九四年冬天父亲去世后,我编了一部《沙鸥诗选》交付出版,他一生的主要作品均收录在内,对于作为诗人的父亲算是有所交待。我想二十年后再来重读他的诗,看看到时印象如何。前些日子整理家中旧物,翻出不少父亲的原稿,忽然记起已经超过当初与自己那番约定好几年了。于是放下手边的事情,将所能找着的父亲的作品按先后顺序重新读了一遍。我感觉其中有一部分仍然不失新意,虽然它们全都写在将近四分之一世纪以前,而作者若还活着就快到一百岁了。我担心有后台喝彩之嫌,又拿给几个喜欢诗的年轻朋友去看,他们此前大概不曾读过父亲的诗,甚至未必知道他的名字。结果各位的看法与我相仿,因此更有了给父亲新出一本诗集的机缘。但由我着手取舍总归为难,遂把遴选之事托付给亚非兄,我向来佩服他关于诗的眼光。待他编好,我略做增删,就成了这本书。书名是父亲诗作《桌边》中的一句,那首诗没有入选。

却说我平日读书,觉得一部作品就像一个人一样,自有其一定的寿命。论家喜欢讲过去某部作品或某位作家"不该被忘记",其实如果这个人的作品真的丧失了生命力,他被后来的读者忘记也不足为奇。我们读书,不是因为这本书曾经重要，而是因为它依然活着。对于一位作家来说，作品在其身后依然活着比仅仅本人名列文学史重要得多。而这并不能靠反复出书或如我之辈的鼓吹来实现，一切须交由时间予以检验。人们常把作品有没有生命力与其是否属于经典混为一谈，但这并不完全是一码事。一本书拥有经典的名号，好比附加了一重保险，即使已经失去生命力，也还能继续存活一段时间，读者对于"经典"往往有着某种惯性般的迷信。好在经典并不是随便封许的，我们也无法轻易断言尚未被公认为经典的作品具有经典的品质。有的作品一写出来就是死的；有的作品则借助某些别的理由显赫一时，待到这种外在因素的影响消失，这些作品也就死了。我更留意的是非经典作品所真正具有的生命力。非经典作品的生命力需要由读者去发现，而这首先需要作品具备可被发现的品质。说到底，一部作品的生命力取决于作品自身。前面提到不失新意，似乎稍嫌笼统，但在某种意义上大概是作品仍然具有生命力的表现。写作不可趋"新"，而作品未必不能常新。至于所选收的父亲的诗是否确实如此，尚待更多读者的认可，但无论如何，我们打算编辑的不是纪念集或资料集那类东西。不妨说明一句，父亲早已不是名人，这些诗也不是名作，在我看来说不定是好事。理想的阅读方式，本来就该将作者一概当作无名氏，将作品全部视为新作，也就是说，既不管作者享年长短,际遇好坏,身份高低,也无论写作过程艰难容易,以及作品向来声誉怎样,地位若何。了解这些或许对阅读不无助益,但从根本上讲无关乎一部作品的评价,亦无关乎判断它是否具有生命力。

不过这里所涉及的体裁是诗,又平添了一重困难:诗人与读者之间必须建立"什么是诗"的共识;这一共识先于写作与阅读而存在,它体现于写作,完成于阅读乃至其后进一步的体会中。倘若缺乏共识,则彼此风牛马不相及。这与小说、戏剧有些差别,而与音乐、绘画——尤其是现代绘画——约略相近。只有真正建立了这种共识,才能讨论一首诗是否具有生命力的问题。

父亲晚年写文章说:"诗,表现诗人的人生体验和审美情趣。"这在他不仅是提出一种理论,也是对毕生创作实践的总结。而所涉及的两个内容,恰恰与作品的生命力密切相关。诗人的人生体验,并不等同于他自己的生活经验,而是基于这一经验又有所超越,是属于人群乃至人类的一种共同体验。这样诗人所写出的作品才既是真切的,又能够与经历、际遇各不相同的读者达成契合,读者从中所了解和理解的,就不仅是作者个人,甚至可能包括读者自己。至于诗人的审美情趣,则更应强调独特性,但终究还是要与读者产生共鸣。审美情趣范围宽泛,写成诗则体现在几个方面,一是字面的美,即诗人写下来呈现给读者的一切,以这里所选的诗为例,包括字、词、句,诗行的分割,错落的排列,分节,等等;二是内容的美,包括形象或意象,情绪,感情,这是借助字面塑造和表达的;三是意境的美,乃是由形象或意象、情绪、感情相互融合而产生,进而通过读者的联想和想象来完成。意境就是阅读一首诗之后留在读者心中的那个境界,比诗人写出来的字面与内容要宽广深远得多。通常说的诗意,主要是意境。意境为一切诗歌所均应具备,而不仅属于中国传统诗歌的范畴。对于一首诗来说,审美情趣是前提,它可以单独存在,人生体验则根植于审美情趣,二者最终是融为一体的。

以上所谈,主要是在空间意义上考虑人生体验和审美情趣,作品要具有生命力,还应该从时间意义上加以把握。诗所表现的人生体验和审美情趣,需要具有一种超前性。显然,诗人今天写出了与明天的读者共有的人生体验和审美情趣,明天的读者才会去读他的诗;如果诗人写的只是今天的人生体验和审美情趣,明天的读者就未必读了;如果诗人写的只是昨天的人生体验和审美情趣,那么不仅明天的读者不要读,恐怕今天的读者也未必读了。不过明天的读者会读的诗,后天的读者却不一定要读,所以人生体验和审美情趣还需要具有一种持久性,这样才不至于随着时间流逝而丧失价值,沦为一般性的,常识性的,不再值得一读的东西。既超前又持久的人生体验与审美情趣,就是作品具有生命力的保证。然而因为诗人在今天写的是明天乃至后天的人生体验和审美情趣，这样的诗在当时也许不被接受，但有可能得到后人的理解。无庸讳言，这就是我们挑选篇章的标准，也是出版这本书的理由。

父亲一九三九年首次发表作品，直到临终前不久还在创作，说得上经历了漫长的岁月。此次所选仅限于其一生最后九年所作"新体诗"的范围，而这也只保留了三分之一，至于先前人们多少熟知的"八行诗"，则一首未选。实际上，父亲的"八行诗"与"新体诗"乃是历来诗歌常见的两种写法，用他自己的话讲，分别是"表现客体"与"主体外化"。前者"诗中都有客体的真实的形象"，后者"客体的形象却模糊了，意象成了形象的主体"；前者"每首诗大致都在一个规定的、或大或小的情景中展开"，后者"不受时间与空间的约束，各节之间跳跃很大，仿佛缺少逻辑的联系，这就使得诗从一个平面进入多层面，从单一的直线变为曲线"，一言以蔽之，其一从客观世界发现诗意，其一由主观世界创造诗意。如何真正继承中国古代诗歌的传统，汲取其精髓，是父亲从一九五〇年代起就一直在追求的，这一传统从《诗经》到《古诗十九首》再到唐诗，可谓达于极致，而"八行诗"正是从唐人绝句发展而来。如果有机会，父亲的"八行诗"也许可以另选一本集子。但这一写法到后来也有流弊，即如他本人所说，"八行诗写了将近三十年,本来是一个新东西,也形成一个约束自己的套子。太顺手了。仿佛有许多瓶子,不同类型的题材,会习惯地对号入瓶,而很快成诗"。我曾写文章说,诗既是一种不同寻常的体验方式,又是一种不同寻常的思维方式或语言方式,而从根本上讲,这乃是一回事,因为这一思维方式如果不诉诸语言它就不是诗,同样如果仅仅停留在语言层面它也不是诗。前面讲的大致可归纳为"新"、"深"和"美",还需添加一个"奇",也就是打破习惯的、常规的体验逻辑、思维逻辑和语言逻辑。而这所涉及的不仅是诗的意境、内容和字面,还包括创造者与现实世界,与自己的内心世界,以及与创造物之间的关系。在我看来,父亲一生的作品中,要属"新体诗"最能体现这一点。

诗从"表现客体"转变为"主体外化"所涉及的问题很多,最重要的是意象的运用。只有引入意象,以诗来表现人的内心世界才真正成立。有几点可以稍作说明。第一,意象就本质而言是一种物象,其不同于一般物象之处,在于写作时不是直接取自现实,而是由诗人的意绪调动其生活与知识的积累创造而成;直截了当地讲,诗人不是看见什么写什么,而是想到什么写什么。意象要用得新鲜,与诗人的意绪对应得准确,并非容易之事。意象既然来自诗人的意绪,就还存在深浅轻重的差异。第二,在一首诗里,意象之间有着非现实性的关系。也就是说,当物象不再共存于一个现实的情景之中或惯常的逻辑之中,它们就都成了意象。一首诗的每一节如此,节与节之间也是如此。诗中的意象表面看可能是不连贯的,每个意象的出现似乎也是突兀的,但彼此在情绪上是互相联系着的,在意思上也是不可分的,共同达成了一个新的境界,那仿佛是诗人内心的写照。第三,诗的意象的寓意应该具有多重指向。前面谈到意象的深浅轻重,也与此密切相关。意象如果只有确定、单一的所指,很容易成为对某种意念的图解。诗中每个意象都不是单独存在,而与其他意象构成联系,这种联系也不宜过于简单明了。所以不可能是一个意指着一个象,一定是一意多象和一象多意的。——这么讲只是为了阐述方便,在诗中意与象根本是不可分离的,分离了就不叫意象了。第四,一首诗的篇幅容或相当,运用意象却有多寡疏密的区别。古人讲的"清空"、"质实",实际上就是不同的意象密度。"清空"至少有一部分来自读者对诗中意象间空隙的感觉,而意象密集即"质实"却也能产生另外一种审美效果。"清空"、"质实"并没有高下之分,完全是不同风格,不同的人生体验和审美情趣的体现。父亲的"新体诗"比他自己以前的"八行诗",比他同时代别人的诗,比今天一些诗人的诗,意象相对来得密集一些,这增加了诗的复杂性和容量,他一向主张的"短诗不短",也因此而落到实处。

父亲的"新体诗",从内心写到现实,从人生写到历史,他写爱情,也写风景,有抒情诗,也有叙事诗,说得上是蔚然大观。尤其值得留意的是,在这里诗人的审美情趣,或者直截了当地说诗人关于"美"的认识,较之既往明显有所演变,有所拓展。"八行诗"还基本上限于传统的美,倒不一定非得以善为美,但总归是正面的,积极的,和谐的,健康的;"新体诗"则突破了这一樊篱,表现的是一种现代的美。这尤其见于他最重要的作品《寻人记》。《寻人记》是父亲整整一生深切体验的结果,这是一部漫长的心灵史,真正的主人公是"失落"——在每一首中它以不同的色调、在不同的场景中出现,最终构筑了一个可以完整概括历史与时代的精神形象。组诗的最后五分之一是在作者身患绝症后写的,对"死"的感受强化了整部作品的悲剧背景,我简直觉得它有一种面临毁灭的美,一种死亡的美。

父亲所说"诗,表现诗人的人生体验和审美情趣",很大程度上是通过反复修改自己的作品完成的。他每有新作先写在随身携带的小本子上,逐字逐句修改后抄到大本子上再修改,然后抄到稿纸上,以后若是出书再作修改,直到最后还要在校样上修改。用他的说法就是:"随意写诗,刻意改诗。"关于改诗,他说,"首先,从构思上审视","其次,从语言上审视","最后,在意境上审视"。只有组诗

《无限江山》是个例外。这是他病危住院后口述给我的，若我不在他就一遍遍背诵以免忘记，给我念时常常哽咽落泪，身体过于虚弱，所念的诗句渐渐变得不确定，变得含糊，我需要一再追问才得以记录。末了一首《松花江夕照》作于去世前两天，我次日的日记写道："父亲从今天起头脑不甚清楚，昨天口述的恐怕是绝笔了。"这组诗没有完成，更没机会推敲，但其中却描绘了诗人"临终的眼"里所映现的世界的景象。

这本书只选了父亲最后九年的诗，换句话说，这样的诗他不过写了短短九年就去世了。但从父亲的一生来看，却不失时机但也相当充分地更接近于自己所预期的高度，更接近于纯粹，使自己的创作得以真正成其为创作。对父亲来说，这样的机会在他此前的大部分创作生涯中其实根本就不存在，无论客观上还是主观上。然而父亲的确抓住了这个机会，这九年所写的诗达到了他一生的最高成就。类似这种机会真乃可遇而不可求，对我们的上一两代，我们这一代以及我们的下一代来说，都是如此。

二〇一八年十月三十日

图书在版编目（CIP）数据

让一切光源都熄灭：沙鸥诗集 / 沙鸥著；止庵，亚非编. -- 北京：新星出版社，2019.3
ISBN 978-7-5133-3392-4

Ⅰ. ①让… Ⅱ. ①沙… ②止… ③亚… Ⅲ. ①诗集－中国－当代 Ⅳ. ① I227

中国版本图书馆 CIP 数据核字（2018）第 263828 号

让一切光源都熄灭：沙鸥诗集

沙鸥 著；止庵 亚非 编

责任编辑：白华昭
责任校对：刘 义
责任印制：李珊珊
装帧设计：Pallaksch

出版发行：新星出版社
出 版 人：马汝军
社　　址：北京市西城区车公庄大街丙3号楼　　100044
网　　址：www.newstarpress.com
电　　话：010-88310888
传　　真：010-65270449
法律顾问：北京市岳成律师事务所

读者服务：010-88310811　　service@newstarpress.com
邮购地址：北京市西城区车公庄大街丙3号楼　　100044

印	刷：北京盛通印刷股份有限公司
开	本：889mm×1194mm　　1/32
印	张：9.125
字	数：160千字
版	次：2019年3月第一版　2019年3月第一次印刷
书	号：ISBN 978-7-5133-3392-4
定	价：58.00元

版权专有，侵权必究；如有质量问题，请与印刷厂联系调换。